I0564920

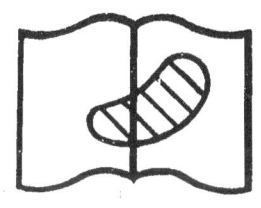

Contraste Insuffisant
NF Z 43-120-14

Illisibilité partielle

VALABLE POUR TOUT OU PARTIE
DU DOCUMENT REPRODUIT.

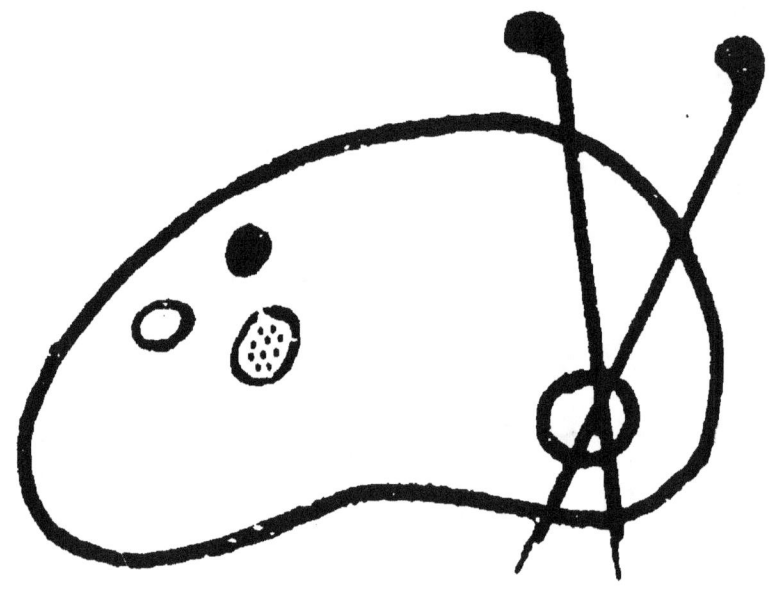

Couvertures supérieure et inférieure
en couleur

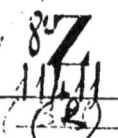

SUITE

AUX

PETITES COMÉDIES

DE LA VIE

PAR

EUGÈNE VIVIER

PRÉCÉDÉES D'UNE LETTRE DE M. JULES CLARETIE

NICE

NICE

IMPRIMERIE, LITHOGRAPHIE & PAPETERIE J. VENTRE & Cie

Rue de la Préfecture, 6

SUITE

AUX

PETITES COMÉDIES

DE LA VIE

NICE. — IMPRIMERIE J. VENTRE ET Cie

Rue de la Préfecture, 6

SUITE

AUX

PETITES COMÉDIES

DE LA VIE

PAR,

EUGÈNE VIVIER

PRÉCÉDÉES D'UNE LETTRE DE M. JULES CLARETIE

LETTRE DE M. JULES CLARETIE

——◆─┤·├─◆——

Cher Monsieur Vivier,

Je lis beaucoup de comédies, par devoir et par plaisir. J'en lis fort peu qui vaillent les vôtres. Et d'abord, celles que vous écrivez ont une qualité des plus rares : elles sont très cour-tes. Vous résumez tout une situation dans une

*phrase et tel propos, gravé par vous, formulé
avec une netteté saisissante, a le relief à la fois
et la profondeur d'un drame. Je dis d'un
drame. A bien tourner et retourner votre
raillerie, on trouve le fond même du cœur
humain et ce fond-là, qui est souvent très
gai, n'est pas toujours très beau.*

Comédie ! Comédie ! Comédie ! *Dites-vous
précisément vous-même en répétant trois fois
le mot, à la façon shakspearienne. Comédie,
soit. Mais, sans être pessimiste, j'entrevois tout
un drame, encore un coup dans ces quatre
lignes d'un égoïsme si forcené et si inconscient :*

« Par cet horrible temps qu'il a fait hier, nous ne sommes pas sortis comme vous le pensez bien ! Pourquoi n'êtes-vous pas venu nous voir ? » *L'homme ou la femme, l'être humain capable de cette candeur dans l'amour du moi, peut devenir coupable d'un crime. Je n'exagère rien : l'inconscience est le pire des défauts. C'est le vice neutre.*

Cela dit, cher Monsieur, pour expliquer ce que j'entends lorsque je vous classe un peu arbitrairement parmi les dramaturges. Vous me direz qu'à ce compte Molière aussi était un faiseur de drames et je vous répondrai qu'il ne

faut pas creuser beaucoup le Malade imaginaire
*pour le trouver, ce terrible drame humain,
noir comme un roman de Balzac. Mais ce
drame, vous le servez homéopathiquement,
en délicieux petits globules argentés fort joli-
ment tournés entre vos doigts et, comme vous
êtes un rieur, avec vous le vice, le ridicule, la
sottise, l'égoïsme, deviennent ou plutôt restent
ce qu'ils sont, risibles, et fort amusants même
pour ceux qui savent s'en moquer.*

*Je viens de passer un moment des plus agréa-
bles à lire, relire et redire vos moqueries.
Savez-vous bien qu'en ce temps de gros et*

multiples ouvrages vous avez pris le bon parti ?
*Faire court. Ce siècle est pressé. Avant peu il
n'écrira plus ses lettres :* il phonographiera ses
déclarations d'amour. *Vous lui donnez de la
vérité, de la philosophie, de l'observation et du
comique à dose infinitésimale : c'est ce qu'il
veut. Une légende de Gavarni, une riposte de
Champfort sont plus certaines de traverser les
temps que tel ou tel in-folio. Elles pèsent moins.
Vos* dialogues *ont cette alacrité et cette déduc-
tion. Je vous envie et je vous applaudis.*

*O faiseur de comédies courtes et définitives,
pourrais-je lire ce fameux* Mariage dans un

chapeau *qui n'a jamais été imprimé, me dit-on,
et après lequel je cours comme le chasseur mar-
seillais de Méry, courait après l'oiseau fantas-
tique, cet insaisissable chastre qui fuyait,
fuyait toujours devant lui ?*

*Et merci pour vos pages, que je viens d'ache-
ver : c'est un bouquet. Ce sont aussi des fleurs
de Nice.*

Viroflay, 30 août 1889.

JULES CLARETIE

PETITES COMÉDIES

DE LA VIE

— *Vite,* — *vite,* — *vite,* — *dépêche-toi,* — *nous courons sur le pont avec Hélène.*

Y penses-tu, ma chère, en simple camisole — *comme çà ?*

Ça ne fait rien, — *suis-nous,* — *on dit qu'on aperçoit la terre !*

— *C'est un simple mot à lui dire, mais ce matin même, avant midi ; — c'est très important pour moi ; ne l'oubliez pas —.*

Vous oublier, vous, mon meilleur ami... — Attendez, attendez un peu que je l'inscrive.

— *Voyageant ensemble dans le même train, sans nous connaître ; nous nous sommes liés instantanément de la plus étroite amitié, parce que nous avons eu le bonheur d'échapper tous les deux, l'un près de l'autre, à ce terrible accident du chemin de fer.*

— *Notre réconciliation s'est opérée d'une si drôle de façon, que je vous demande la permission de vous en raconter la cause : — Invités tous les deux dans la même maison, — gourmands comme vous nous connaissez, —*

l'estomac chatouillé par un fort appétit, et tout à la joie de l'excellent repas que nous allions faire ; — la main dans la main, nous sommes redevenus bons amis, à cette simple annonce du domestique : « Ces messieurs sont servis ».

— Personne ne joue mieux que lui le rôle d'un homme attentif : — tout le monde s'y laisse prendre ; — soyez convaincu qu'il n'a pas entendu un seul mot de ce que vous venez de lui dire.

— *Perdez donc l'habitude, ma chère femme, de ne plus parler à tort et à travers des choses que vous ne connaissez pas. — On finirait par se moquer de vous, — et de moi : — on a déjà commencé.*

— *Je n'aperçois plus rien dans la volière.*

En effet, — ça fait trop de peine quand on les perd.

— *Vous dites qu'elle descend de sa voiture bien avant, et qu'elle s'en va, seule et toute voilée, secourir les malheureux! Ce serait d'un si bon exemple, cependant... pourquoi se cache-t-elle?*

— *Quel plaisir de revoir le jour !*
Je commençais à grelotter et de peur
et de froid, — et vous Madame ?

De peur surtout, Madame.

— *Quant à moi, j'ai traversé un*
tunnel bien autrement long que celui-ci,
on mettait 51 minutes et 3 secondes à
le parcourir.

Dans quel pays, Monsieur, si ce n'est pas trop indiscret de vous le demander?

Oh ! ma foi, Mesdames, je ne me rappelle plus. — J'ai tant voyagé, tant voyagé ; — vous savez... dans le commerce.

— Une chèvre, — un mouton, un petit bonhomme, — un rien : voilà ce qu'il aurait dû ajouter dans la composition de son tableau ; l'espace est trop vide ; — mais on ne peut rien lui faire observer, sans se brouiller avec lui.

— *Le pauvre homme a passé une très mauvaise nuit, Madame...* —

C'est égal, je suis bien plus satisfaite maintenant d'être venue me renseigner moi-même ; car s'il fallait ajouter foi à tout ce qu'on raconte... on m'avait dit...

Oh mon Dieu, Madame, il n'en vaut guère mieux.

— Nous ne leur donnons jamais,
jamais rien ; si nous commencions, ils
reviendraient tous les jours : — c'est
plein de mendiants, dans ce quartier.

— *Maman l'a défendu, Mesdemoi-selles.*

Ça ne fait rien, mon cher Monsieur, dites-nous-là tout de même, cette si méchante histoire ; — nous vous en supplions à genoux, ma sœur et moi.

— *Que dirait-on ma bonne amie,
si je te présentais dans cette maison ;
ils ne sont pas mariés, et tout le monde
le sait.*

On vient bien chez nous, cependant ?

On ne le sait pas.

— *Je ne me moque pas de vous, mon ami ; mais vous m'affirmez que cette nouvelle vous vient d'une source certaine et vous finissez par m'avouer que c'est d'une femme que vous la tenez ; comment voulez-vous que je retienne un éclat de rire ?*

— *Quand l'éloignement sépare deux vrais amis, ne croyez pas qu'ils s'oublient ; le souvenir les rapproche tellement qu'ils se retrouvent encore plus ensemble, même en ne s'écrivant pas.*

— *Quel plaisir vous nous faites en venant nous voir, — je vous en sais, pour ma part, un gré infini. Comme vous le voyez, vous nous trouvez tous les deux, ma femme et moi, plongés dans nos méditations : Quelle excellente idée, vous avez eue là.*

— *Il est bien décidé, bien entendu, bien convenu, bien arrêté que nous lui dirons tout, n'est-ce pas, ma bonne amie ?*

— *Oui,— tout, — tout, — absolument tout, — c'est bien arrêté, bien convenu, bien entendu.*

Mais j'y pense, si nous ne lui en disions rien, cela vaudrait peut-être encore mieux ?

Tu as parfaitement raison, ma chère, ne lui en disons rien.

— *Nous allons dans le Dauphiné,
en visite chez les parents de ma femme.*

— *Vous ferez-là, une longue station,
sans doute?*

*Ma foi non, par exemple, — nous
reviendrons aussitôt.*

— *Nos meilleurs souvenirs récla-*
ment aussi tous nos soins. — Sans cette
précaution que vous avez prise de porter
toujours sur vous son image, — de
l'avoir placée dans chaque pièce de
votre appartement, — qui sait : — peut-
être ne penseriez-vous plus à lui.

— *Je ne doute pas de l'honorabilité de ces dames qui viennent de nous croiser ; mais, une autre fois, faites-moi le plaisir, je vous prie, quand nous sortirons ensemble et que vous m'aurez à votre bras, de ne saluer que les personnes de notre entourage, que nous pouvons rencontrer.*

— *Papa, si parrain n'est pas un honnête homme, comme tu viens de le dire tout bas à maman, il ne faut plus qu'il revienne dans notre maison ; — il me reprendrait mon polichinelle.*

— *Pour le mal que cela nous donne et le peu que cela nous rapporte,* — *nous préférons ne plus en tenir.* — *C'est la seule qui nous reste, vous n'en trouverez nulle part, Madame. Nous vous la laissons, bien au-dessous du prix qu'elle nous coûte : nous allons vous montrer nos livres.*

— *Elle lui donne la main lorsqu'il arrive ; une seconde fois quand il prend congé d'elle ; et c'est tout, croyez-moi : — çà ne va pas plus loin.*

Mais un serrement de mains, mon ami, c'est une petite poste restante ; les amoureux viennent y chercher leur correspondance, en cachette : — Comment vous ne saviez pas çà ?

— *A chaque rencontre, nous nous serrons étroitement les mains, sans nous préoccuper du temps que nous allons mettre à ce témoignage affectueux ; mais il existe toujours dans l'expression de la plus franche amitié, quelque chose de louche que nous n'osons pas nous avouer ; c'est le secret désir que nous éprouvons l'un et l'autre, de nous dégager au plus tôt de cette chaleureuse étreinte, qui nous cause, au bout des doigts, une étrange sensation ;— j'allais dire une étrange démangeaison.*

— *Je suis inquiète, vois-tu ; j'ai
laissé ma petite fille auprès du feu.
Cependant, si tu l'exiges, je consens
à rester encore un peu : — tu vas alors
me montrer ton chapeau, ton nouveau
corsage, — ta nouvelle jupe ; toute ta
toilette enfin ; — je veux te donner mon
avis.*

— *Je t'annonce ma petite femme,
qu'Alexandre Dumas, Jules Claretie,
Philippe Gille, Francisque Sarcey,
Aurélien Scholl, Ernest Legouvé, Arsène
Houssaye, Cottinet, Jules Barbier,
Ambroise Thomas, Ernest Reyer, Pierre
et Adrien Decourcelle, Gustave Nadaud,
les trois Coquelin, Louis Ganderax,*

*Pierre Véron, Henri de Lapommeraye,
Paul de Cassagnac, Gaston Jollivet,
Charles de Lesseps, Edouard Delessert,
Hippolyte Rodrigues, Edouard de Pom-
mery, se disposent à nous quitter. Cours,
— va vite chercher tes albums ; — j'ai
tout préparé dans le petit salon bleu.*

— *En marquant au crayon rouge
certains passages de ce livre, que vous
ne voulez pas qu'on lise ; vous les dési-
gnez, au contraire, à la curiosité de
chacun : on ne lira que ceux-là.*

*— Ne vous apercevant nulle part,
j'ai pris le parti de vous écrire que
j'avais un conseil à vous demander ;
j'étais bien sûr ainsi, de l'empressement
que vous mettriez à venir me voir :
Voilà ce dont il s'agit, — asseyons-
nous là, et causons.*

— C'est votre faute aussi ; — je vous avais prévenue qu'en le prenant par l'anse, celle-ci vous resterait seule dans la main : mais vous n'écoutez jamais ce qu'on vous dit.

— *Excellent accueil,* — *charmants convives,* — *dîner passable ;* — *mauvais vins, par exemple.*

—*Vous allez à Nice, et vous possédez, dites-vous, une lettre d'introduction auprès de cette illustre artiste, de cette noble et grande dame qu'on appelle la Vicomtesse Vigier; — mais c'est un talisman, que vous avez-là mon cher; Vous serez l'estimé, le fêté partout, et vous nous reviendrez si fier, qu'on ne pourra plus vous dire un mot.*

— *Vous êtes très bien, très bien comme çà, — et puis le soir, — voyez-vous, ça ne se voit pas.*

— *C'est un simple garçon de café* —
de ce café là, en face de nous. Il est
très honnête homme et je ne manque
jamais de lui serrer la main chaque
fois que je le rencontre. — *J'ai oublié de*
le faire aujourd'hui, — *et j'en éprouve*

*vraiment du regret. Il a dû penser que
devant vous, c'était par fierté, par faux
respect humain. — Mais ne parlons
plus de çà, allons plutôt prendre un
bock, voulez-vous, — je meurs de soif.*

— *Nous nous y tenons très rarement,*
— *quand nous avons du monde seu-*
lement.

— *Vous ne ferez jamais une bonne cuisinière, Marie,* — *si la crainte que vous avez, qu'elle ne soulève le couvercle, vous empêche de plonger cette langouste dans l'eau bouillante.*

— *Elle remue encore,* — *je croyais bien cependant...*

— *La nature, voyez-vous fourmill e de ces bêtes-là : — on ne les tue jamais tout à fait.*

— J'en viens, — je le savais et je vous l'apprends ; allez-y, — c'est le moment; — vous ne trouverez personne.

— *En vous imaginant que vous nuisez à votre rival,*— *en le dénigrant sans cesse ;* — *vous vous trompez, mon ami,* — *vous faites, au contraire, admirablement son jeu ;* — *vous ne connaissez pas les femmes.*

— *En avons-nous perdu de ces amis, de ces connaissances, — et cela, dans l'espace de trois années seulement ! Mais parlons plutôt des vivants; parlons de votre famille ?*

— *Je n'en ai plus ; — tous morts ;— je suis seul maintenant.*

*Nous pouvons nous donner la main,
mon vieil ami, — et si j'ose vous l'avouer,
en toute humilité et malgré tout mon
chagrin, — je me trouve... je me sur-
prends, — plus heureux comme çà,
et vous ?*

— *Moi aussi.*

— Et votre femme qui vous attend ?

*— Merci de me le rappeler,
car, je vous assure, que je n'y songeais
plus du tout.*

— *Il n'est pas loin, j'entends qu'on l'acclame de ce côté.*

Non, c'est un phonographe d'amateur qui reproduit ce vivat.

Je ne voudrais pourtant pas retourner

à Dijon, sans avoir vu le Président de
la République ; Que dirait-on ?

Vous passez forcément par Fontai-
nebleau — eh bien vous le verrez, sans
doute, à la gare.

— *De me répéter sans cesse que vous avez eu la même indisposition, ne me console ni ne me guérit ; — c'est le remède qui vous a soulagé qu'il faut m'indiquer ?*

On ne le trouve nulle part, mon ami ; c'est le temps.

— *Et vous l'avez lue ce matin dans* l'Officiel ? — *Je vous crois, mais j'ai tout lieu d'en être surpris, n'ayant fait aucune démarche pour l'obtenir.* — *Parlons d'autre chose, je vous en prie;*

Que voulais-je vous dire ? — Je l'avais là tout à l'heure, sur le bout de

*la langue, — oh — ça va me revenir ;
à propos, je tiens absolument à ce que
ce soit vous qui annonciez cette nouvelle
à ma femme. — Il est bien entendu,
très cher ami, que vous nous restez à
dîner. — Nous n'admettons aucune
excuse.*

— *C'est bien ce qu'il fait là, de donner la main à ce pauvre aveugle, pour l'aider à traverser la chaussée.*

— *Je n'oserais pas, moi.*

— *Pourquoi çà ?*

— *A cause de tout ce monde, sur les boulevards, qui me regarderait.*

— *Les transports de ma joie ne doivent pas vous étonner, bien cher ami ; je pensais que vous m'aviez oubliée et, tout-à-coup, je vous vois apparaître. La vie a parfois de ravissantes surprises à nous faire.*

— *Il n'embrasse jamais ses enfants, ne leur adresse aucune caresse, ne va jamais au devant d'eux.*

Je l'ai remarqué aussi ; mais laissez-moi vous dire : — il existe certaines natures qui rougissent de se montrer affables, aimantes, affectueuses ; c'est une timidité qui n'exclut en rien la bonté du cœur (j'en ai la conviction, en ce qui concerne notre ami), mais qui, parfois cependant, aux yeux de quelques médisants, pourrait peut-être bien en faire douter, un peu.

— *Vous n'y comprenez rien, — ni moi, — ni d'autres non plus : — c'est ce qu'on appelle, voyez-vous, de la haute littérature.*

— *Je vous trouve bien plus heureuse que moi, — ma bonne voisine ; — vous n'aviez que votre mari à soigner, vous, tandis que nous avons, — nous, nos enfants malades,— tous les quatre, à la fois... — Quand donc est-il mort, votre pauvre cher homme ?*

— *Pourquoi vouloir toujours chan-
ger, — dans l'espoir de se trouver mieux
ailleurs ? — Restons ici ; — nous verrons
parfaitement, et nous évitons la foule.*

— *Oh — j'ai bien le temps, — rien ne presse, — un autre jour, — pas aujour-d'hui.*

— *Pauvre* aujourd'hui ! *comme nous te délaissons ! Nous disons toujours demain, demain ! On ne pourra jamais s'en déshabituer ; vous verrez çà.*

— *A force de s'entendre répéter par
la domestique que nous ne sommes pas
à la maison, il finira bien par compren-
dre, — que nous ne voulons plus le
recevoir.*

— *Comment, prenez-vous congé du Ministre ?*

— *C'est lui qui prend congé de moi. Après quelques courtes explications qu'il n'écoute pas, — il se lève sans m'avoir fait asseoir, — place la main dans la fente de son gilet, — se dirige du côté de la porte qu'il ouvre lui-même; et voilà comment finit l'audience.*

— *Puisqu'elle y tient tant, un petit mensonge pour causer une grande joie, ce n'est pas trop cher. Assurez-la donc que vous ne manquez jamais la messe le dimanche ; ajoutez aussi, que vous remplissez exactement tous vos autres devoirs de dévotion ; qu'est-ce que çà vous fait ; c'est comme une enfant ; il faut l'entourer de tous les soins ; de toutes les prévenances ; combler tous ses désirs. Elle vous en récompense par un sourire. Et quoi de plus suave, de plus frais qu'un sourire, sur les lèvres flétries d'une bonne vieille grand'mère !*

— *Pour un jour ou deux seulement,
ne pouvez-vous pas vous séparer de
votre chère famille et venir avec nous ;
ça vous changera un peu.*

— *A la trop grande satisfaction que
vous venez de lui témoigner, quand il
vous a dit qu'il dînait avec vous, ce soir,
il a dû s'apercevoir bien certainement,
que vous redoutiez un tête à tête, avec
le maître de la maison.*

— *Oui Madame ! oui Madame ! jus-*
qu'à notre linge et les papiers de mon
mari qu'ils rongent à belles dents, oui
Madame... Mais Madame, je vous le
répète : c'est que nous avons des chiens.
Voilà la raison qui nous empêche de
répandre du poison partout ! Ah Ma-
dame ! croyez-moi ! tout n'est pas rose
à la campagne ! je vous le promets,
c'est comme je vous le dis, oui Madame !

— *N'attendez pas qu'il soit seul pour lui demander ce petit service, profitez, au contraire, sans crainte de le déranger, de la présence de cette femme, à laquelle il fait la cour, en ce moment : il s'empressera de vous le rendre.*

— *Nous ne lui serons jamais assez reconnaissants de tous les sacrifices qu'il veut bien faire pour nous ; mais pourquoi, si sa fortune le lui permet, ne se montre-t-il pas encore plus géné- reux à notre égard ! Je pense à une chose..... il existe peut-être un peu d'avarice, au milieu de toutes ses pro- digalités ; nous nous disions cela, ce matin, mon mari et moi ; ça ne nous étonnerait pas du tout.*

— 71 —

— Laissez-moi vous prévenir, d'un très important oubli à réparer dans votre toilette ; ce n'est pas moi, c'est ma femme qui s'en est aperçue : les femmes ça voit tout.

— *Elle ne quitte plus du regard, la porte par laquelle sa mère vient de passer. D'instinct, elle compte chacun de ses pas, dans la chambre voisine. C'est comme un sillage d'amour, que les yeux de son cœur ne peuvent s'empêcher de suivre. Elle attend son retour avec anxiété... Enfin, sa chère Maman reparaît... Elle se précipite alors, à son cou, la couvre de baisers : A ces élans de son âme, ne croirait-on pas qu'elle a été privée de ses caresses pendant de longs mois, tant elle adore sa mère, cette admirable créature du Bon Dieu !*

— *Occupez-vous, prenez un livre,
un journal, quelque chose, enfin ; mais
ne restez pas ainsi, les bras croisés,
planté devant moi, à me regarder dans
le blanc des yeux. Aucune femme au
monde, ne supporterait un pareil sup-
plice !*

— *Par cet horrible temps qu'il a fait hier, nous ne sommes pas sortis, comme vous le pensez bien. Pourquoi n'êtes-vous pas venu nous voir ?*

Contraste insuffisant
NF Z 43-120-14

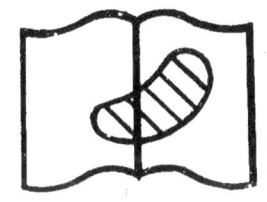

Illisibilité partielle

VALABLE POUR TOUT OU PARTIE
DU DOCUMENT REPRODUIT.

— *C'est un personnage, dit-on, il occupe tout le premier étage du Grand Hôtel. Voilà sa note ; s'il ne la paye pas, faites bien attention, bien attention de la rapporter ; elle est acquittée ; n'oublions jamais que nous sommes à Nice.*

— *Ça l'amuserait beaucoup, Madame.*

— *Oh oui, Maman, je t'en prie!*

— *Jeunes comme vous l'êtes tous les deux ; vous et votre femme, faites donc à pied, ce court trajet-là ; vous mettrez vingt à vingt-cinq minutes, tout au plus, à la condition cependant, de ne pas vous arrêter trop longtemps, dans le joli petit bois que vous aurez à traverser.*

— *Sur leur petit chalet de quatre sous, se déploie un immense drapeau. qu'ils enlèvent au moment de leur départ ; peut-on pousser plus loin, l'amour bête de l'ostentation, je vous le demande?*

— *Comment osez-vous vous servir de pareils termes devant cette enfant qui nous écoute ? Elle ne les comprend pas, c'est vrai, mais, à son école, elle en demandera l'explication à une grande, qui s'empressera de la lui donner.*

— *Et il prétend encore que ce sont les femmes qui passent des heures entières à leur toilette. Ne l'attendons plus, ma chère amie, il n'en finit jamais ; et c'est comme çà, pour tout, pour tout ; c'est énervant.*

— *Je connais bien un artiste-amateur qui vous chanterait délicieusement cette mélodie ; il se nomme Félix Lévy : je vous donnerai son adresse.*

— *L'autre jour, n'a-t-il pas eu l'aplomb de nous montrer l'enveloppe d'une de ses lettres, sur laquelle son nom tout seul était inscrit, en nous disant :* « *Voyez un peu si je suis connu, ici.* » — *C'est un fat, un vaniteux, un imbécile.*

— *Il ne reste plus rien de ce mets délicat, et personne, personne de nous, n'a songé à la maîtresse de la maison, qui s'est pourtant donnée la peine de nous le servir.*

— *C'est une surprise, vois-tu ma chère, que je veux faire à mon mari, à l'occasion de sa fête. Ne vas pas me démentir ; je lui dirai franchement que c'est moi qui l'ai brodé.*

— *Vous m'aviez prédit hier, que j'en aurais pour 15 ou 20 jours, et me voilà tout-à-fait rétabli ce matin. Il me semble que cette nouvelle ne vous réjouit guère ; seriez-vous fâché, par hasard, que votre prédiction ne se soit pas accomplie ?*

— C'est une réflexion banale, répétée mille et mille fois partout, dans les journaux, les livres, les conversations ; ça ne fait rien ; n'hésitez pas à l'écrire, et tout le monde dira : « Oh comme c'est vrai ça ! »

— *Il faut savoir se maîtriser un peu; on ne s'emporte pas de cette façon, que diable ; tenez, vous venez de faire peur à votre enfant : elle en est encore toute pâle et toute tremblante, la pauvre fillette !*

— *En lui annonçant ce qui vous arrive d'heureux, aujourd'hui, c'est un sentiment d'envie et non pas un sentiment de joie que vous avez fait naître au fond de son cœur. Nous ne témoignons vraiment de la sympathie à nos amis que dans leurs malheurs, leurs chagrins, leurs souffrances, parce*

que nous avons la triste certitude que
bientôt, ce soir, demain, tout à l'heure
peut-être, nous allons être éprouvés
comme eux : En un mot, nous nous
plaignons dans les autres ; là se trouve
le partage ; les démonstrations joyeuses!
comédie! comédie! comédie.

— Je ne vous demande rien pour nous deux, ma femme et moi ; je sais que c'est impossible. C'est uniquement pour mon garçon qui n'a jamais vu çà. Peut-être pourriez-vous l'emmener avec vous ? — Non. Eh bien, n'en parlons plus. Maintenant, si pour cause d'absence ou d'indisposition, deux ou trois

fauteuils vous étaient retournés, ne nous oubliez pas, je vous en prie. Veuillez nous prévenir ; voici notre adresse. Nous viendrons les chercher, bien entendu ; mais je vous le répète, c'est surtout pour mon garçon qui n'a jamais vu ça : Vous savez ce que c'est.

— *Elle est encore bien jeune ; mais enfin, Docteur, si vous pensez que c'est cela qu'il lui faut !...*

— *Ne pensez plus à ça, je vous en
supplie ; n'est-il pas préférable de vivre
ensemble en bons amis, en bons cama-
rades, sans soucis, sans tracas, sans
remords surtout : — Mon mari vous
aime beaucoup ; vous viendrez nous*

*voir tous les jours ; l'existence s'écoulera
bien plus heureuse, ainsi. Allons, allons,
voyons; donnons-nous la main et con-
venez que je suis la plus raisonnable ;
grand enfant que vous êtes.*

— *Je venais prier Madame, de m'ac-
corder la permission, de m'absenter
pendant une heure, pour aller voir ma
mère, très dangereusement malade.*

— *Je ne demanderais pas mieux,
ma bonne fille, mais alors, qui gardera
la maison ; vous savez bien que je dois
sortir : vous irez demain.*

www.ingramcontent.com/pod-product-compliance
Lightning Source LLC
Chambersburg PA
CBHW060835250626

47162CB00005B/2070